Joséphine a disparu

À Georges et Joséphine

Joséphine a disparu

Karine Glorieux

Mise en pages : Marie Blanchard
Illustrations (couverture et intérieur) : Véronique Glorieux
Révision : Anik Tia Tiong Fat
Correction d'épreuves : François Morin

Imprimé au Canada

ISBN 978-2-89642-223-4

Dépôt légal — Bibliothèque et Archives nationales du Québec, 2010
© 2010 Éditions Caractère

Gouvernement du Québec — Programme de crédit d'impôt pour l'édition de livres — Gestion SODEC

Nous reconnaissons l'aide financière du gouvernement du Canada par l'entremise du Programme d'aide au développement de l'industrie de l'édition (PADIÉ) pour nos activités d'édition.

Visitez le site des Éditions Caractère
editionscaractere.com

CHAPITRE 1

Joséphine la chipie

L'autre jour, d'une façon très étrange, ma sœur a disparu.

Vous ne connaissez sûrement pas ma petite sœur. Elle s'appelle Joséphine et, franchement, je dois vous avouer qu'elle est la plus insupportable des filles de six ans. Et je ne dis pas ça parce que je suis Victor, son frère aîné, que j'ai trois ans de plus qu'elle et que je sais un paquet de choses qu'elle ne connaît pas. Non. Je dis tout simplement ça parce que c'est la vérité vraie et qu'on m'a toujours demandé de dire la vérité vraie.

Ma sœur appartient à la catégorie des vraies filles. Celles qui aiment jouer à la princesse orpheline, ou dessiner des fleurs roses dans un château rose avec beaucoup de cœurs roses et des arcs-en-ciel. Ce n'est bien sûr pas de cette façon que j'occupe mon temps, si vous voulez le savoir. Moi, je préfère jouer aux échecs, écouter de la musique ou encore lire des bandes dessinées. Lorsque Joséphine me demande de jouer avec elle, je refuse catégoriquement. Alors, elle m'embête pour se venger.

Je dois reconnaître qu'elle possède un réel talent pour m'embêter. Je vous donne quelques exemples.

Ma sœur, elle est du genre à se poster devant la télévision quand je regarde mon émission préférée. Elle est du genre à finir une boîte de biscuits au chocolat sans même m'en proposer. Elle est du genre à venir m'importuner quand je joue avec mes amis. C'est plus fort qu'elle, il faut toujours qu'elle vienne se mêler aux jeux exclusivement faits pour les grands et auxquels elle ne comprend *rien*, de toute manière.

Mais son passe-temps préféré, c'est de crier de sa petite voix aiguë :

— Maaaaaaaman ! Victor a fait ci ! Maaaaaaaman ! Victor a fait ça !

Une vraie pimbêche[1] !

Ce qui m'embête le plus, c'est que ma sœur vole toujours mes jouets.

— Je ne te vole rien ! J'emprunte seulement tes affaires, dit-elle chaque fois que je la surprends en flagrant délit. Il faut partager, Victor.

— C'est vrai, Victor. Il faut partager, répètent mes parents comme s'ils s'étaient transformés en perroquets.

---

1. Une pimbêche, si j'ai bien compris, c'est une fille qui nous met toujours des bâtons dans les roues et qui se croit plus maline que les autres. Autrement dit, c'est une chipie. Ma sœur tout craché, ça !

Il faut partager, il faut partager ! Moi, je ne veux pas partager, surtout pas avec des voleurs comme ma sœur.

Grrrr !

Joséphine m'agace. Et je n'aime pas les voleurs.

C'est d'ailleurs pour ces deux raisons que je suis devenu un expert en pièges à voleurs.

Ma chambre est un territoire inviolable. Toute personne qui y pénètre sans ma permission s'expose à de multiples dangers. Elle risque de :

a) se faire attaquer par des projectiles variés (toutous, ballons, boules de papier, etc.) ;

b) faire sonner une alarme ;

c) se faire un nouvel ennemi ;

d) subir tout ce qui précède.

Cela s'adresse autant aux experts qu'aux amateurs comme Joséphine. Parce que pour moi, c'est du pareil au même. Expert ou amateur, aucun voleur ne pourra s'emparer de *mes* affaires.

Si Joséphine n'était pas ma sœur, ma chasse aux voleurs serait un peu plus facile. Mais là, je suis condamné à toujours la surveiller, puisque, comme le répète souvent mon père, une sœur, c'est pour la vie.

Pour *la vie*, pensez-y deux secondes. Pas une minute de répit ! Toute ma

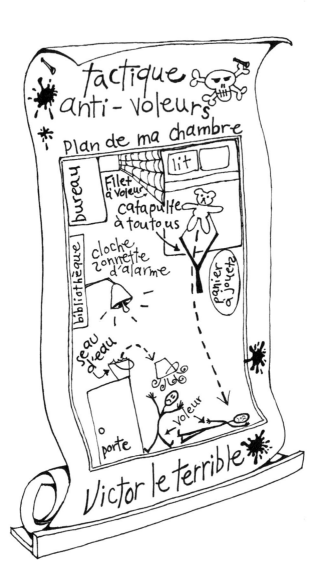

12

vie à protéger mes affaires contre cette chapardeuse[2] !

Ce n'est pas demain la veille que je pourrai avoir l'esprit tranquille !

---

2. Une chapardeuse, c'est une voleuse.

Chapitre 2

Retour de vacances

L'été dernier, nous sommes partis en vacances, maman, papa, Joséphine et moi. Évidemment, je n'avais pas du tout envie de partir avec ma sœur. S'il faut que je la côtoie toute ma vie, j'aime autant que ce soit de loin, quand je joue chez des amis ou que je suis à l'école, par exemple. Mais les vacances, c'est l'enfer ! Je suis obligé de supporter sa présence vingt-quatre heures sur vingt-quatre.

Cette fois-ci, nous sommes allés au bord de la mer. Évidemment, Joséphine ne m'a pas lâché d'une semelle. Quand elle ne détruisait pas les splendides châteaux de sable que je construisais, elle profitait de mes baignades pour

prendre mes bandes dessinées ou mon lecteur de MP3. Évidemment, maman me réprimandait toujours :

— Victor, il faut partager ! Victor, il faut partager !

J'avais vraiment hâte de revenir à la maison pour m'enfermer dans ma chambre et avoir enfin la paix !

Quand le dernier jour des vacances est enfin arrivé, j'étais très soulagé. Ce que je ne savais pas encore, c'est que cette journée dont j'avais tant rêvé allait finir par tourner au cauchemar.

* * *

Nous sommes partis très tôt ce matin-là, et papa a conduit pendant sept heures d'affilée. Quand la voiture s'est arrêtée dans l'allée de la maison, nous étions tous soulagés. Durant tout le voyage, nous nous sommes chamaillés au moins cent mille fois et papa a menacé de nous abandonner sur le bord de la route à trente-neuf reprises (j'ai compté). Je n'ai pas réussi à compter le nombre de soupirs qu'a poussés maman. Cela aurait vraiment été trop difficile puisqu'elle soupirait quasiment tout le temps.

Bref, le voyage a été plutôt pénible. C'est pour ça que, lorsque nous sommes enfin arrivés, papa s'est exclamé

19

d'un ton très joyeux, mais aussi très fatigué :

— Aaaaah ! nous voici enfin arrivés !

Pour une fois, Joséphine et moi étions d'accord sur ce point et avons crié à l'unisson :

— Youpi !

Aussitôt le moteur éteint, j'ai couru dans le jardin voir si mon piège à voleurs avait fonctionné. C'est un trou très profond, que j'ai creusé moi-même sous la fenêtre de ma chambre. Il m'a fallu au moins deux heures pour le faire avec la grosse pelle de papa. J'en ai même eu des ampoules aux mains. Quand j'ai eu fini le trou, je l'ai recouvert d'une toile en plastique et je l'ai dissimulé sous un tapis de feuilles et d'herbe. Ce n'est pas pour me vanter, mais le résultat est vraiment réussi. On ne remarque rien de spécial sous ma fenêtre. Mais si un bandit tente d'approcher un peu trop près, *plouf!* il finira prisonnier au fond de mon piège! Génial, vous ne trouvez pas?

Mais vous vous demandez sans doute pourquoi j'ai pris tant de peine à concevoir un piège, n'est-ce pas? Eh bien, c'est simple: j'ai creusé ce trou parce que je me méfie de nos voisins encore plus que de ma sœur. Ils ont tous l'air de voleurs en puissance.

Je vais vous expliquer pourquoi et vous allez comprendre ce que je veux dire.

Nos voisins de gauche sont une famille qui parle une langue vraiment étrange, avec des mots qui font beaucoup de *chechechechechecheche* et de *jejejejejejejejejejeje*. Ma mère dit que c'est du portugais, mais je ne comprends pas comment elle peut en être sûre, puisqu'elle ne parle même pas cette langue. Moi, je pense que mes voisins viennent d'une autre planète. Pour tout dire, je les soupçonne d'être des extraterrestres qui s'apprêtent à nous envahir parce que leur planète est surpeuplée. Ils sont en repérage, mais seront bientôt suivis de milliers, de milliards d'extraterrestres déguisés en êtres humains.

Notre voisin de droite est un vieil homme avec une longue barbe blanc jaunâtre et un gros ventre. Il ressemble à une imitation manquée du père Noël (si vous voulez le savoir, j'ai cessé de croire au père Noël, mais pas ma sœur…). Chaque jour, il promène un petit chihuahua mal élevé qui fait pipi sur les fleurs de maman. C'est vraiment dégoûtant. Vous allez me dire que cette situation n'a rien d'étrange. Mais il y a tout de même quelque chose de bizarre : ce chien s'appelle Belzébuth !

BELZÉBUTH. Vous vous rendez compte ? Un prénom satanique ! J'en fais des cauchemars toutes les nuits! En fait, moi, je crois que le voisin est un sorcier et que son animal de compagnie est un monstre déguisé en petit chien puant.

Vous voyez qu'à gauche comme à droite, nous sommes entourés d'individus suspects.

Mais ce n'est pas tout. Nos voisins d'en face sont aussi inquiétants que les autres. Ce sont des jumeaux. Ils sont identiques: le crâne rasé, avec des sirènes et des ancres multicolores tatouées sur les bras. Ils reçoivent toujours plein d'amis et aiment écouter de la musique très fort le soir. Papa leur demande souvent de faire moins de bruit, surtout quand il est tard et qu'ils empêchent la Terre entière de dormir. Parfois, ils baissent le volume. La plupart du temps, ils font comme si papa n'existait pas. Franchement, ils ne semblent pas comprendre ce que signifient les mots *politesse* et *respect* des autres. D'ailleurs, leurs tatouages et leurs mauvaises manières les ont trahis : moi, je sais qu'ils sont en vérité de dangereux pirates. Vous imaginez ? Des pirates ! En face de chez nous ! Maintenant, vous comprenez mieux mes craintes, n'est-ce pas ? Mes voisins ont tous l'air incroyablement *louches* !

Pas étonnant que je sois obligé de construire des pièges à voleurs ! J'imagine bien l'un des voisins entrer

par une fenêtre et me voler les figurines d'empereurs chinois que papa m'a rapportées d'un voyage en Asie. Des figurines uniques, précieuses, fabriquées à la main par des moines — ou quelque chose comme ça. C'est aussi pour cette raison que j'ai creusé un piège à voleurs avant de partir. Parce que s'il y a quelque chose que je déteste, c'est que les voisins profitent de mon absence pour s'emparer de mes figurines d'empereurs chinois.

CHAPITRE 3

Joséphine m'énerve

Malheureusement, vérification faite, j'ai constaté qu'aucun voleur ne s'était pris les pieds dans mon trou à voleurs. J'ai d'abord été un peu déçu en découvrant qu'à part quelques feuilles, rien n'avait bougé. Je n'aime pas les voleurs, mais j'aurais bien aimé appeler la police et lui remettre de vilains bandits. J'aurais peut-être reçu une médaille, qui sait? Mais bon, c'était la preuve que les voleurs avaient peur de moi et qu'ils se tenaient à distance. D'une certaine manière, c'était mieux ainsi. Alors, j'ai crié : «Nous sommes de retour !», pour bien m'assurer que tous les malfaiteurs tapis dans les buissons sachent que les occupants de notre maison étaient rentrés. Puis, j'ai enlevé la pancarte «ATTENTION, CHIEN TRÈS, TRÈS MÉCHANT !» que j'avais collée sur ma fenêtre. La pluie des dernières semaines l'avait décolorée. Elle avait maintenant besoin d'une petite retouche de peinture, pour que le message puisse être lu de loin.

En passant, je dois vous avouer que je n'ai pas vraiment de chien. En fait, je n'ai pas de chien du tout. Mais tout le monde n'a pas besoin de le savoir. Mon affiche sert seulement à décourager les bandits. En effet, j'aime faire peur à tous ceux qui voudraient s'approcher un peu trop près de ma maison.

Finalement, je suis entré dans la maison pour m'assurer que Joséphine ne s'était pas introduite dans mon repaire malgré toutes les têtes de mort dessinées sur ma porte et les affiches la prévenant : « Accès interdit à Joséphine. » Je ne sais pas pourquoi, mais ma sœur est toujours fourrée dans ma chambre. C'est *vraiment* énervant.

Hélas ! j'avais perdu du temps en visitant mon piège à voleurs. Joséphine était déjà installée sur *mon* lit, en train de jouer avec *mes* figurines d'empereurs. J'ai crié :

— Jo ! Sors de là immédiatement !

Ma sœur n'a pas bougé.

— Jo ! Sors de ma chambre !

Est-ce que je vous ai déjà dit que ma sœur a une tête de cochon ? Quand elle décide quelque chose, il n'y a pas moyen de l'en dissuader. Mais moi, je suis aussi rusé qu'un renard. C'est pourquoi, au lieu de continuer à crier, j'ai dit :

— Je crois que des voleurs sont entrés dans ta chambre pendant les vacances. Tu devrais aller compter tes toutous pour être certaine qu'il n'en manque pas quelques-uns. Tu sais, les voleurs adorent les poupées et les toutous…

Joséphine a fait de grands yeux inquiets et s'est précipitée dans sa chambre. La chambre de ma sœur

est encore plus en désordre que la mienne. Et, comme le dit ma mère, c'est un bric-à-brac total — alors imaginez un peu l'allure de la chambre de Joséphine. En plus, ma sœur a au moins trois mille toutous. Elle en avait donc pour une bonne demi-heure à faire le compte de ses jouets. Cela me laissait assez de temps pour vider tranquillement mes bagages et étendre sur le plancher tous les trésors que j'avais rapportés de voyage. J'ai séparé minutieusement les coquillages des bouts de bois. J'avais l'intention de les utiliser pour fabriquer des armes dont la seule vue ferait décamper les voleurs les plus téméraires. Puis, je suis allé chercher de la colle et de la ficelle pour assembler mes premières armes.

* * *

J'étais très concentré sur mon activité, si concentré que j'ai été surpris quand mon estomac s'est mis à faire de drôles de gargouillis, comme si un petit monstre au fond de mon ventre criait :

— J'ai faim ! J'ai faim !

Je me suis levé et suis allé voir ce que mes parents avaient préparé pour le souper.

La cuisine était déserte et ils n'avaient rien préparé. Ils avaient certainement l'intention de commander des pizzas ! Miam, miam ! Je salivais rien qu'à l'idée d'une bonne pizza hawaïenne, avec un extra ananas, ma préférée.

CHAPITRE 4

Où est Joséphine ?

Cependant, la maison était étrangement calme.

— Maman ? Papa ? ai-je crié.

Pas de réponse.

— Joséphine ?

Aucune réponse.

Je suis retourné à l'étage et je me suis
dirigé vers la chambre de mes parents.

Ils étaient couchés, et papa ronflait comme un bûcheron.

— Papa? Maman? ai-je chuchoté. Youhou!

Mon père a émis un ronflement pas très élégant et il s'est réveillé en sursautant.

— Hein? Quoi? Qu'est-ce qui se passe?

Ma mère s'est levée d'un bond.

— Où est ta sœur? a-t-elle demandé sans se préoccuper de mon ventre qui gargouillait.

— Dans sa chambre. J'ai faim! On mange quoi?

— Euh!… On va à la pizzéria, a suggéré papa, les yeux encore à moitié fermés.

— OUI!

— Où est Joséphine? a répété maman, comme si cela avait plus d'importance que mon ventre.

— Je vais la chercher, ai-je fini par déclarer, parce que mon estomac et moi avions vraiment envie de manger une pizza hawaïenne extra ananas.

Le chaos le plus complet régnait dans la chambre de Joséphine. Sans blague, si je ne savais pas que ma sœur n'avait aucun sens de l'organisation, j'aurais cru qu'un voleur était passé par là.

Tout était sens dessus dessous. Le sol était jonché de toutous, de poupées, de cahiers de bricolage, de crayons, et j'en passe. Il y avait même, à côté du lit, deux trognons de pommes ratatinés et une boîte de biscuits vide. J'ai essayé de trouver ma sœur dans ce capharnaüm. Elle n'était pas là.

— Jo ? ai-je quand même lancé à tout hasard.

Elle n'a pas répondu. Je me suis donc précipité dans ma chambre, convaincu qu'elle avait profité de ma courte absence pour aller piquer mes nouvelles armes.

— Jo ! ai-je hurlé en débarquant dans mon repaire comme un pirate abordant un bateau ennemi. Sors de là ! Immédiatement !

Ma sœur n'était pas dans ma chambre.

— Jo ? ai-je répété en regardant sous mon lit.

Personne. Je suis allé retrouver mes parents, qui étaient maintenant bien réveillés.

— Vous avez vu Jo ?

— Je croyais que tu étais parti la chercher, a répondu ma mère.

— Je ne la trouve pas.

J'ai tout de suite vu une lueur d'inquiétude traverser le regard de ma mère. Maman a toujours peur qu'il nous arrive quelque chose. Elle a vraiment beaucoup d'imagination, pour une adulte. Le pire, c'est qu'elle ne se soucie pas des voleurs, des sorciers ou des extraterrestres. Non, ma mère, elle a plutôt peur des objets inanimés, comme un coin de table, une marche d'escalier, un plancher glissant après le bain, un couteau pointu… Bref, toutes ces choses qui ne pourraient pas nous attaquer, mais qui représentent, dit-on, un danger grave pour les enfants.

— Joséphine ! a crié maman.

Aucune réponse.

— JOSÉPHINE ! a crié papa.

Aucune réponse.

— JO-SÉ-PHI-NE ! ai-je hurlé de ma voix la plus puissante, celle qui passe à travers les murs, comme le dit souvent maman.

Mais toujours pas de réponse. Dans les yeux de ma mère, la petite lueur inquiète s'est mise à prendre plus de place. J'ai senti que j'allais devoir patienter un peu pour la pizza hawaïenne.

— Es-tu es sûr qu'elle n'était pas dans sa chambre ? a demandé papa.

— Sûr et certain.

Maman est tout de même allée voir dans la chambre par elle-même,

comme si ma parole ne valait pas grand-chose. Elle a scruté le désordre de Joséphine avec un mélange de découragement et d'angoisse. Puis, elle a dit en soupirant :

— Elle est sans doute au jardin.

Nous nous sommes tous précipités dans la cour. Moi, je suis allé vérifier si ma sœur n'était pas tombée dans mon piège à voleurs, ce qui m'aurait sans aucun doute valu une bonne punition. Si Joséphine était tombée dans le trou, mes parents m'interdiraient sûrement d'avoir un extra ananas dans ma pizza.

Heureusement, le piège était resté intact.

Mes parents commençaient à s'énerver, je le sentais. Moi aussi, d'ailleurs, je dois avouer que je trouvais la situation plutôt anormale. Il faut dire que ma sœur est en général un vrai pot de colle. Elle aime jouer à la dure, mais elle n'a pas l'habitude de s'éloigner. En fait, elle est un peu peureuse sur les bords et elle a besoin de moi pour la protéger. Je vous donne quelques exemples :

a) ma sœur ne va pas dans la cour toute seule parce qu'elle a peur des araignées ;

b) ma sœur a peur de dormir toute seule dans le noir ;

c) ma sœur ne va *jamais* dans la cave toute seule parce qu'elle a peur des serpents, des monstres et de toutes les choses gluantes qu'on trouve habituellement dans les caves.

Toute seule, Joséphine s'éloigne rarement de la cuisine, du salon ou des chambres à coucher. C'est pour ça que nous commencions tous à trouver un peu étonnant qu'elle ne réponde pas à nos appels.

CHAPITRE 5

À la recherche de Joséphine

Maman a réfléchi un moment. Après avoir fait en vain le tour de la cour, elle a conclu que Joséphine n'était ni dans le jardin ni dans la maison. Elle a alors déclaré :

— Joséphine est peut-être allée chez les voisins.

Moi, j'ai trouvé cette idée *absurde*, parce que Joséphine craint les voisins encore plus que moi. Mais je n'ai pas voulu contredire maman. Elle était au bord des larmes.

— Allons sonner chez les voisins, a suggéré papa en faisant semblant de ne pas s'inquiéter.

J'ai voulu m'opposer à ce plan, qui ne me plaisait pas, mais alors là pas du tout.

Il s'est tourné vers ma mère :

— Toi, tu vas chez les jumeaux d'en face, pendant que moi, je vais à gauche, chez les Pinho.

Puis, il m'a dit :

— Et toi, Victor, tu vas à droite, chez monsieur Fernand.

— Chez… chez qui ? ai-je demandé en tremblotant.

— Chez monsieur Fernand, le voisin de droite.

Là, si c'était une blague, elle était de mauvais goût et je dois vous avouer que j'ai commencé à ne pas trouver ça drôle du tout. Mon père m'envoyait chez le sorcier ? *Moi ?*

Bien sûr que je voulais retrouver ma sœur. Mais de là à aller chez le sorcier !

— Oh ! Victor, tu rêves ou quoi ? a beuglé papa tandis qu'il se dirigeait vers la maison de gauche.

— Hein? Quoi? ai-je demandé, confus.

— Va sonner chez le vieux monsieur Fernand!

— Oui, oui, j'y vais…, ai-je marmonné.

Je me suis mis en marche comme un zombie, très, très lentement, d'un pas mal assuré. Tout à coup, plusieurs scénarios me sont passés par la tête. Je me suis immobilisé, paralysé par mes pensées.

Et si les voisins avaient décidé de voler ma sœur?

Les extraterrestres l'avaient peut-être capturée afin de l'envoyer sur leur planète pour étudier de plus près un spécimen humain !

À moins que ce ne soit les bandits d'en face qui l'avaient kidnappée et qui n'allaient accepter de nous la remettre qu'en échange d'une rançon très, très élevée !

Ou le vilain sorcier s'était peut-être emparé d'elle parce qu'il avait besoin de cheveux de petite fille pour préparer une potion magique…

AU SECOURS !

Soudain, Joséphine m'a beaucoup manqué et je me suis mis à regretter de l'avoir envoyée dans sa chambre. Rien de tout cela ne serait arrivé si je l'avais laissée jouer avec mes figurines chinoises!

— Hé! oh! Victor! a crié papa, qui se trouvait devant la porte des extra-terrestres. Monsieur Fernand! Tu y vas maintenant.

— Chez le… le sorcier?

Mon père m'a fait de grands yeux étonnés.

— Le quoi?

— Euh! je veux dire… Tu veux vraiment que j'aille chez monsieur Fernand?

— Oui! Vas-y tout de suite!

J'ai essayé de chasser de ma tête tous les scénarios d'horreur. J'imaginais ma sœur attachée à une soucoupe volante, ma sœur attachée au mât d'un bateau de pirates, ma sœur attachée dans une marmite bouillonnante pleine d'ingrédients magiques. Elle devait espérer que je vienne à sa rescousse, comme un superhéros! Mais je n'étais pas tellement certain d'avoir l'étoffe d'un superhéros… Je me suis répété à voix basse, pour m'encourager: *Tu dois être fort, Victor, tu es un champion. Il ne peut rien t'arriver.* Je n'y croyais pas trop, mais je n'avais pas tellement le choix d'obéir à mes parents — surtout que ma sœur et ma pizza hawaïenne étaient en jeu. J'ai pris une grande respiration. Comme le dit maman quand

je suis énervé : *Il faut respirer profon-*
dément par le nez pour se calmer.

Prenant mon courage à deux mains, je me suis dirigé vers la maison du sorcier. En chemin, je me suis rendu compte que je n'avais pas d'armes pour me protéger contre lui. Je n'avais même pas pensé à mettre une petite gousse d'ail dans ma poche. C'est pourtant si efficace pour chasser les vampires, le rhume et, pourquoi pas ? les sorciers !

Chapitre 6

La maison du sorcier

J'ai sonné à la porte en essayant d'empêcher mes mains de trembler. Dès que le ding-dong de la sonnerie a retenti, un terrible grognement s'est fait entendre. *Ça y est!* ai-je pensé en reculant d'un pas, *le chien a repris son apparence de monstre et s'apprête à me dévorer tout cru!*

— Belzébuth! a hurlé une voix caverneuse. Couché!

J'entendais les pas lents du sorcier s'approcher de la porte. Je l'avais sans doute interrompu en plein milieu d'une incantation magique. Il allait m'ouvrir et je le découvrirais dans son accoutrement d'enchanteur : chapeau pointu noir, robe noire et baguette magique.

J'ai reculé d'un pas. La porte s'est ouverte.

— Qu'est-ce qui se passe ? a demandé le voisin qui, à mon grand étonnement, était vêtu d'un simple tee-shirt jaune canari et d'un pantalon beige tout à fait ordinaire.

— Je... euh !... vous n'auriez pas vu ma petite sœur ? ai-je bredouillé en essayant de voir si le monstre ou Joséphine se trouvait dans la maison.

— Ta petite sœur ? Non, pourquoi ?

— Elle… elle a disparu…

Le vieil homme a pris un air inquiet mal assorti à son statut de sorcier.

— Quoi ? Ta sœur a disparu ?

Puis, de sa voix rauque, il a ordonné :

— Belzébuth ! Ici !

Cette fois, j'ai reculé de deux pas. Ça y est, le monstre allait s'emparer de moi et j'allais finir avec ma sœur, enchaîné dans sa cave. *Il faut toujours se méfier des créatures sorties tout*

droit de l'enfer ! me suis-je sermonné, regrettant amèrement de n'avoir avec moi vraiment aucune arme. J'ai essayé de me rappeler deux ou trois prises de karaté vues dans un film mais, paniqué, je n'y suis pas arrivé.

— Belzébuth ! a crié à nouveau le vieil homme.

Un ridicule chihuahua est apparu devant moi.

— Ouaf ! a-t-il fait en remuant gaiement la queue.

Il n'avait vraiment pas l'air d'un monstre, finalement.

Mais il ne faut jamais se fier aux apparences, me suis-je dit, tandis que le voisin me demandait :

— As-tu un vêtement appartenant à ta sœur ? Belzébuth a un très bon flair. Elle pourra le renifler et nous mener à ta sœur.

ELLE ? Belzébuth était une fille ? Comme ma sœur ? Un minuscule chihuahua fille ? Et j'avais peur d'elle ! Pendant un instant, je me suis trouvé bien bête. Puis, je me suis rappelé que les sorciers aimaient avoir la confiance des gens pour mieux les ensorceler. Il fallait que je reste sur mes gardes. Ce ne pouvait qu'être une ruse.

Monsieur Fernand est parti chercher la laisse de son chien. Pendant ce bref moment, j'ai scruté l'intérieur de sa maison. Il n'y avait nulle part la moindre trace de ma sœur. Par contre, les pièces étaient remplies de meubles aussi âgés que leur propriétaire. Des dizaines de bibelots encombraient les armoires, ainsi que des livres poussiéreux qui semblaient venir d'une autre époque — sûrement des grimoires remplis de formules magiques. J'ai résisté à la tentation d'aller y jeter un coup d'œil.

— Allons-y, a prononcé le vieil homme en revenant vers moi. Allons trouver ta sœur !

Nous sommes partis ensemble vers la maison, où mes parents s'affairaient à fouiller dans les cèdres du jardin, en compagnie… DES VOISINS DE GAUCHE ET DES VOISINS D'EN FACE!

J'ai failli m'évanouir en les voyant tous ensemble. Dans *notre* cour! Incroyable! Voilà que les kidnappeurs de ma sœur faisaient tous semblant de la chercher!

— Du nouveau? a demandé mon père en nous voyant arriver.

Il avait l'air franchement inquiet, maintenant. Ma mère était dans son pire état. Elle avait les yeux fixes et répétait sans cesse:

— Nous n'aurions jamais dû nous endormir. Nous n'aurions jamais dû nous endormir.

La grosse voisine de gauche lui tapotait l'épaule en faisant semblant d'avoir de la compassion pour elle. Elle murmurait des paroles incompréhensibles avec un drôle d'accent : *Ça va aller, Senhora.* Je me suis retenu pour ne pas avertir ma mère que les voisins étaient des extraterrestres qui s'apprêtaient à envoyer Joséphine dans l'espace. Elle m'aurait sans doute encore dit que j'avais trop d'imagination et qu'elle n'était pas en état d'écouter mes histoires. Les enfants de la voisine cherchaient aussi Joséphine avec un air préoccupé qui m'a paru plutôt convaincant. On pouvait dire qu'ils étaient forts, ces extraterrestres, pour imiter les expressions humaines!

CHAPITRE 7

Cherche, Belzébuth, cherche !

Quand le sorcier a proposé de faire renifler à son chien un chandail de Joséphine, maman a tout de suite accepté.

Ma mère ! Elle qui passait son temps à maugréer contre ce sale-chihuahua-qui-faisait-pipi-sur-ses-fleurs ! Tout à coup, elle regardait Belzébuth comme un sauveur !

La petite chienne s'est précipitée dans la maison, suivie des voleurs d'en face qui allaient certainement en profiter pour s'emparer de l'argenterie, de l'ordinateur et de mes figurines d'empereurs chinois.

Je me demandais bien ce qu'il allait faire, ce sorcier. Allait-il nous jeter un sort ? Nous transformer en grenouilles ? Nous emprisonner dans sa demeure maléfique ? Une chose était certaine : on était au bord de la catastrophe et j'étais le seul à m'en rendre compte ! Qu'allait devenir ma sœur ? Qu'allions-nous tous devenir ?

Évidemment, nous nous sommes vite rendu compte que le voisin de droite n'était pas seulement un sorcier, mais aussi un vrai menteur. Son chien n'avait rien d'un fin limier comme on en voit à la télévision. Et puis, un chihuahua ne pourra jamais devenir un chien policier, franchement! Une petite bête stupide qui fait pipi sur les fleurs de maman, oui. Mais pas un chien policier!

Dès qu'on a présenté un vêtement de Joséphine à Belzébuth, elle s'est mise à courir partout en jappant. Elle allait à droite, à gauche, fonçait droit devant elle, revenait sur ses pas. Bref, elle ne savait *pas du tout* dans quelle direction se trouvait ma sœur.

Quand le voisin a vu que sa petite chienne avait l'air vraiment ridicule, il s'est exclamé :

— J'aurais dû y penser ! Votre petite fille a laissé son odeur partout dans la maison. C'est pour ça que Belzébuth ne sait pas trop où aller.

Cette fois, c'en était trop. Maman s'est mise à pleurer comme une enfant, papa s'est passé la main sur le visage en disant :

— Bon sang de bon sang !

Les jumeaux tatoués ont alors proposé de descendre à la cave. Ils espéraient probablement y trouver un trésor oublié. Tous les pirates rêvent de trésors enfouis.

— La cave? a prononcé maman à travers ses larmes. Je ne crois pas que Joséphi…

Papa l'a interrompue :

— Il faut explorer toutes les pièces. Allons-y !

Mon père avait l'air vraiment énervé. Il était rouge comme une tomate trop mûre. Il avait perdu tout sens critique, et s'en allait sans méfiance s'enfermer dans la cave avec des bandits ! Je n'en revenais pas ! Étais-je la seule personne à avoir gardé sa lucidité ? La seule personne à voir tous ces inconnus qui envahissaient la maison et à penser que tout cela allait très mal finir ?

En tout cas, je n'avais plus envie de manger de la pizza.

J'avais juste envie que ma sœur revienne.

Si je n'avais pas été un grand garçon de neuf ans, je crois même que je serais allé pleurer dans les bras de maman.

C'est le moment qu'a choisi Belzébuth pour venir se coller contre moi. C'était bizarre, mais j'ai eu l'impression qu'elle comprenait ce que je ressentais. Je l'ai flattée, puis j'ai retiré vivement ma main en me disant : *Attention, Victor ! Tu vas te faire ensorceler ! Méfie-toi !*

CHAPITRE 8

Appel intergalactique

Je suis sorti pour respirer une bonne bouffée d'air frais et reprendre mes esprits. Et là, je suis tombé sur *l'extra-terrestre,* le téléphone cellulaire à l'oreille, qui parlait à Dieu sait qui. Qui sait ? C'était peut-être un téléphone intergalactique.

Oh non ! Et s'il était en train d'appeler ses amis extraterrestres pour leur commander d'amener Joséphine en lieu sûr, où personne ne pourrait la trouver ? Je me suis approché de lui discrètement et je l'ai entendu dire avec son accent :

— Oui, c'est ça. Une petite fille de six ans. Les cheveux blonds. Une robe bleue.

Aïe ! il donnait une description de ma sœur. Il fallait que j'aille avertir mes parents avant que Joséphine ne soit expédiée dans une galaxie très lointaine.

Je me suis précipité dans la maison.

Ma mère était dans le salon, entourée du sorcier, de la femme de l'extra-terrestre et de leurs enfants. Mon père, lui, avait disparu dans la cave avec les pirates. Et toujours pas de Joséphine. Ça allait vraiment mal.

— Maman, ai-je chuchoté, le voisin est en train de…

J'étais sur le point de poursuivre, quand je me suis rendu compte que la grosse voisine m'observait avec ses effrayants yeux noirs d'extraterrestre. Je ne pouvais pas avertir ma mère en sa présence. Qu'est-ce que j'allais faire ? Je n'allais tout de même pas descendre dans la cave pour parler à mon père.

C'est alors que je me suis dit qu'il était vraiment temps d'appeler la police à la rescousse.

Au même moment, comme si mon message était parvenu par télépathie au 911, une voiture de police s'est stationnée dans l'entrée. Deux policières en sont sorties, une blonde et une brune. Elles ont commencé à parler avec l'homme extraterrestre. Je l'ai vu répéter ce qui semblait être la description de ma sœur et j'ai trouvé tout de même étrange qu'il ait l'air d'aider les policières. C'était à n'y rien comprendre! Il donnait même l'impression que c'était *lui* qui avait appelé la police. Bizarre…

Les policières sont entrées dans la maison avec le voisin et elles ont commencé à interroger maman, qui répondait des choses incompréhensibles

entrecoupées de sanglots. Moi, j'aurais bien voulu qu'on me pose des questions. J'aurais pu ainsi tout leur raconter à propos du sorcier, des extraterrestres et des pirates. Mais malgré mes simagrées, les policières m'ignoraient, comme le font souvent les adultes quand ils veulent nous faire croire que c'est important. La policière brune est partie inspecter les pièces à l'étage pendant que la blonde restait à côté de maman en prenant des notes dans un petit calepin.

* * *

Les policières étaient à peine arrivées dans la maison que papa remontait de la cave, suivi des jumeaux d'en face. Les pirates avaient l'air vraiment déçus de remonter bredouilles de notre cave. Papa, lui, avait seulement l'air inquiet.

— Joséphine n'était pas en bas? a interrogé maman.

Papa a haussé les épaules et a secoué la tête.

— Non, pas de Joséphine.

Maman s'est remise à pleurer, encore plus fort qu'avant. J'ai senti mon cœur se serrer. J'avais vraiment envie que Joséphine soit avec nous. Lorsqu'on la retrouverait, je serais prêt à lui prêter tous mes jouets, même mes figurines d'empereurs chinois! Je serais prêt à être toujours gentil avec elle, même à la laisser jouer dans ma chambre! Je serais prêt à ne plus *jamais* me cha-mailler avec elle!

Promis!

CHAPITRE 9

Le retour de Joséphine

— Qui a vu la petite pour la dernière fois ? a demandé la policière blonde alors que j'énumérais mentalement ce que je ferais avec Joséphine lorsqu'on l'aurait retrouvée.

Tous les yeux se sont tournés vers moi. Je tenais enfin ma chance ! J'allais pouvoir tout révéler, signaler que le

salon et la cour étaient remplis de kidnappeurs de petites filles !

J'étais sur le point de commencer à
dévoiler ce que je savais quand la policière brune est apparue dans le cham-
branle de la porte.

Elle souriait jusqu'aux oreilles.

— J'ai une bonne nouvelle, a-t-elle
annoncé. Une très bonne nouvelle.

Mes révélations ont aussitôt perdu
tout leur intérêt. Maman a arrêté de
pleurer, papa a fixé la policière en
esquissant un petit sourire contraint.
Même les extraterrestres, le sorcier et
les pirates ont soudain eu l'air soulagés, comme s'ils ne poursuivaient pas
d'abominables desseins.

— Suivez-moi, a ordonné la policière.

Nous nous sommes tous précipités dans le corridor qui mène aux chambres à coucher. La policière brune a pénétré la première dans la chambre de Joséphine. Nous sommes entrés derrière elle. Nous étions nombreux dans une toute petite pièce en désordre. Elle a montré du doigt un tas de couvertures et de toutous au pied du lit de Joséphine.

— Regardez donc ce qu'il y a là-dessous, a-t-elle suggéré.

Lentement, tout doucement, maman a soulevé une couverture, enlevé un toutou, puis deux, puis trois. Elle a soulevé une deuxième couverture, une troisième, quelques poupées et…

Ma sœur est apparue !

Elle était roulée en petite boule et elle dormait profondément, des écouteurs dans les oreilles, la main serrée sur mon lecteur de MP3.

Mon lecteur de musique ?

MON LECTEUR DE MUSIQUE !

— Joséphine ! Voleuse ! Rends-moi mes affaires ! ai-je crié en me précipitant sur ma sœur.

Elle s'est réveillée en sursaut. Au lieu de se mettre à pleurer ou à implorer mon pardon, elle a regardé avec

surprise tous ces gens qui se trouvaient dans sa chambre. Elle a enlevé les écouteurs de ses oreilles et a demandé, en dévisageant tour à tour maman, papa et les policières :

— Qu'est-ce qui se passe ici ?

Papa et maman se sont mis à rire, imités immédiatement par les voisins et les agentes de police.

J'étais le seul à ne pas trouver la situation drôle.

Bon! d'accord, le voisin de droite n'était peut-être pas un sorcier! D'accord, les voisins de gauche n'étaient peut-être pas des extra-terrestres! D'accord, les jumeaux d'en face n'étaient peut-être pas des pirates! Et, même s'ils avaient l'air louches, ils n'avaient pas kidnappé ma sœur. En fait, ma sœur n'avait même pas vraiment disparu, puisque pendant tout ce temps, elle était dans sa chambre.

Mais ça ne me donnait pas du tout envie de rigoler.

Pourquoi ?

Parce que ma *propre sœur* venait de prouver qu'elle était la pire des *voleuses* !

Elle m'avait encore piqué *mon* lecteur de MP3 ! Est-ce que vous vous rendez compte ? Et personne ne la grondait !

Au contraire, maman lui donnait plein de bisous, et papa aussi ! Joséphine m'a fait un grand sourire et elle est venue me retrouver.

— Tiens, Victor, a-t-elle dit. Je l'ai trouvé dans mes bagages.

Joséphine m'a tendu mon lecteur de musique. Puis elle m'a fait un gros câlin de fille — je vous ai déjà dit que ma sœur adore les câlins ? J'ai soupiré. Au fond, j'étais assez soulagé, moi aussi, d'avoir retrouvé ma petite sœur.

— Allez, je commande de la pizza pour tout le monde ! s'est écrié mon père, qui était maintenant de très bonne humeur.

Et c'est ainsi que nous avons fini la soirée dans la cour, avec les voisins de gauche, le voisin de droite, les voisins d'en face et les deux policières, à manger de la pizza hawaïenne extra ananas. C'est aussi ainsi que j'ai appris à dire merci en portugais — *obrigado* —, que j'ai appris comment on fait des tatouages et que j'ai appris que Belzébuth était née la même année que moi.

Et vous savez quoi ? J'ai découvert qu'à part ma sœur, il n'y a pas de voleurs dans le voisinage !

Ou peut-être une seule : Belzébuth, qui s'est enfuie avec ma pointe de pizza pour aller la dévorer dans les fleurs de maman !

Un *chihuahua* qui mange de la pizza hawaïenne… Avouez que c'est quand même un peu *bizarre*… Je vais essayer de découvrir ce que ça cache.

Promesse de Victor, chasseur de voleurs !